D1725917

Voiles de mort

Didier DAENINCKX
illustré par **LOUSTAL**

Les petits polars du Monde

Préface

Dès les années 1980 avec Jacques Tardi illustrant Léo Malet puis Jean-Patrick Manchette, Jean Vautrin ou Didier Daeninckx, la bande dessinée et le polar français entament un flirt qui se poursuit encore aujourd'hui. À l'évidence, ces deux formes d'expression populaire étaient faites pour s'entendre : elles sont capables d'observer la réalité sociale, l'actualité, l'histoire, et plongent dans la fiction en unissant leurs forces, leur sens critique, tout en captant l'attention du lecteur.

Pour sa nouvelle saison, en 2013, *Les Petits Polars du Monde* ont souhaité renforcer le duo écrivain-dessinateur, en introduisant des illustrations dans chaque nouvelle inédite. Chez ces treize couples, parfois surprenants mais toujours bien accordés, on retrouve la diversité d'un genre ouvert sur le monde : roman noir, énigme, enquête policière, thriller… On distingue également une complicité naturelle entre le texte et l'image pour raconter des intrigues très variées. Les uns préfèrent le décalage entre la réalité la plus sombre et un dessin très graphique. D'autres s'unissent pour décrire la société et ses crises en privilégiant l'action et le mouvement. Enfin, certains choisissent le parti de l'humour, quand d'autres revisitent quelques événements du passé pour mieux les surmonter ou révéler leur actualité.

Tous ces artistes bâtissent des intrigues en acceptant les contraintes de la nouvelle. La peur, le rire, le détournement, l'action, la révélation, il existe mille et une manières d'entrer dans ce cercle du polar, qui donne à lire et à voir.

Voiles de mort

C omme tous les soirs, mes pas me conduisent vers la terrasse du Rossi, sur la Kumul Highway. C'est là qu'on apprivoise les ténèbres. Le patron, Roy, accueille ses clients devant les ardoises où, de sa belle écriture, il s'applique à détailler la pêche du jour, à la craie. Au passage, il pointe le doigt sur la ligne du thon à l'indienne, clin d'œil de connaisseur à l'appui, puis il m'offre ma première Tusker que je sirote près du rivage en regardant les derniers bateaux qui se dirigent droit sur les pontons de l'île d'Ireriki. En trois mois, j'ai eu le temps de faire le tour de la faune qui peuple ce comptoir d'Océanie : le personnel des ambassades, les tenanciers du paradis fiscal, les conseillers en tout et n'importe quoi, les magouilleurs, les faux durs, les vraies crapules. J'ai entendu assez d'histoires de paumés, racontées par les principaux intéressés, pour nourrir une encyclopédie... Je placerai certainement la mienne en hors-d'œuvre.

Ici le soleil ne se couche pas, il tombe ; la nuit ne laisse pas le temps à la pénombre de s'installer. La grande salle vitrée ouverte sur la mer commence à se remplir, les notables en meute, quelques esseulés, un arrivage de croisiéristes... Soudain, un cri fige l'assistance avant que des coups portés contre une cloison ne se fassent entendre depuis le recoin dévolu aux vestiaires. Je ne peux m'empêcher d'aller pointer mon nez, même si je me doute que ce n'est pas bon pour ma santé. Jimmy, le maître d'hôtel, un Mélanésien taillé pour la boxe, se tient contre la porte des toilettes et parlemente avec son occupant. Un Australien, d'après l'accent. J'arrive à comprendre que le gars est entré en marche arrière, et qu'il est coincé sur le trône par une sorte d'effet ventouse. Le mystère se dissipe quand il finit par débloquer le verrou : une masse de viande rougie par les coups de soleil occupe la totalité du cagibi, le short géant baissé sur les chevilles, des bourrelets de chair débordant autour de la faïence. Jimmy disperse les curieux et me confie le soin de tenir compagnie au ventousé le temps d'aller chercher du matériel :

– C'est le troisième cette année… Roy ne veut rien entendre, mais il va bien falloir les agrandir, ces chiottes de merde ! La première fois, il a fallu appeler le plombier, tout démonter, mais j'ai trouvé un système…

Deux minutes plus tard, il est de retour avec une pompe à main normalement destinée à regonfler les pneus de voitures. Il s'accroupit pour glisser le bout du flexible entre les replis anatomiques du prisonnier qui couine et le rebord du siège qui crisse. Dès qu'il a terminé, il me demande d'envoyer l'air. Je m'exécute. Trois poussées énergiques suffisent à rétablir assez de pression pour obtenir la libération du touriste qui se précipite en gueulant vers la sortie, tout en se reculottant.

François-Vincent, le directeur de la station de radio locale, se laisse tomber sur la banquette quand je reviens m'installer face à mon plat de thon mi-cuit au curry accompagné de tranches d'ananas rôties. C'est un type charmant qui ne s'est jamais remis d'avoir composé l'hymne national du Vanuatu, en 1980, au moment de l'Indépendance. Un Rouget de l'Isle des antipodes.

Yumi, Yumi, Yumi i glat blong talem se,
Yumi, Yumi, Yumi i man blong Vanuatu ![1]

Le problème, c'est qu'il ne jure que par Mireille Mathieu et Frank Michaël, son clone belge ! C'est grâce à lui que j'ai pu survivre quand le hasard m'a fait échouer sur les quais de Port-Vila. Contre trois à quatre heures de parlote journalière sous pseudo sur les ondes, entre deux programmes en bichlamar, il me permettait de dormir dans un coin du studio, de me laver dans l'antique salle de bains carrelée en tricolore datant du temps des Français. Il m'a appris la ville au cours de dizaines de balades entre la Wharf road et l'aéroport de Bauerfield, une ancienne base américaine héritée de la guerre du Pacifique. Quand on marche, j'ai toujours l'impression qu'un métro vient de démarrer en sous-sol. C'est lui qui m'a dit que c'était normal que ça bouge. Des volcans tout autour, la ceinture de feu, de la plaque tectonique en mouvement millimétrique… Pas de gros tremblements de terre, pas de tellurisme ravageur, pas de crises d'épilepsie, mais de la bougeotte permanente, une sorte de Parkinson à l'échelle de l'archipel. Résultat, tout se fissure, se lézarde, des portions de routes divergent, des bâtiments s'affaissent sans crier gare comme les Archives nationales réduites à un magma informe de plâtre et de reliures moisies où poussent des hibiscus et des orchidées. Pour résister, quand la nuit se fait profonde, les hommes se noient l'estomac au kava, la décoction des racines d'une plante de la famille du poivrier. Le goût est assez proche de celui du produit que les dentistes injectent dans la mâchoire, avant de passer la roulette. L'effet est le même, ça insensibilise et ça donne un curieux sentiment

---

1- *Ensemble, ensemble nous sommes fiers de dire*
que ensemble, ensemble nous sommes le Vanuatu !

de dédoublement, dans les muscles, les organes, les nerfs et jusque dans le cerveau. Tout ralentit, les gestes, les phrases, les regards, les pensées, les moteurs des bagnoles… On circule à dix à l'heure. Les secondes deviennent molles… Au début, la fermentation du kava était obtenue par sa saturation en salive, lors du mâchonnement des racines par les sages des tribus… Il a suffi d'un bacille tuberculeux importé d'Europe pour exterminer des milliers de personnes. Aujourd'hui, l'agro-alimentaire permet à la coutume de perdurer en toute sécurité, et la meilleure tisane poivrée se boit sur les hauteurs, chez les prêtres cathos hallucinés de la mission Montmartre. Je m'y suis fait assez rapidement.

Depuis un mois maintenant, j'ai la tête hors de l'eau, toujours grâce à François-Vincent qui m'a fait découvrir le travail d'un peintre franco-russe, Nicolaï Michoutouchkine, disparu il y a quelques années, et celui de son compagnon le Wallisien Aloï Pilioko, un naïf dont les toiles ornent les murs de tous les musées de cet hémisphère. Dans les cargaisons de trois mille touristes qui débarquent sur les quais trois fois par semaine, il y a toujours une poignée d'irréductibles qui se demandent ce qu'ils sont venus faire dans une cabine étriquée de la ville flottante et qui n'aspirent qu'à une seule chose au moment de l'escale : s'extraire de la multitude partie à l'assaut des bars et des boutiques de babioles typiques. Je les véhicule dans un Mercedes de location par la route de Pango jusqu'à la propriété d'Esnaar, l'Éden tropical que les deux amoureux ont aménagé en cinquante ans de vie commune. Une sorte d'anti-musée, un parcours végétal parsemé de constructions en bois qui abritent des œuvres d'art océaniennes ainsi que leur production, sans hiérarchie aucune. Je poursuis par une visite chez trois collectionneurs installés dans des paysages de rêve, au bord du lagon d'Erakor. Lors du deuxième circuit, un Néo-Zélandais de Dunedin s'est entiché d'une toile de Michoutouchkine, un portrait rêveur d'Aloï entouré de fleurs de frangipanier. Puis des aquarelles, la semaine suivante, acquises par un dentiste de Vancouver... Ce sont les commissions reçues à l'issue des transactions qui me permettent de régler les factures de chez Rossi ainsi que la note du bungalow pieds dans l'eau que je loue au mois, sur la pointe de la minuscule île d'Iririki.

C e matin, en me réveillant, il fait sombre dans la chambre, comme si le soleil avait oublié de se lever. Ma carcasse n'a pas encore dissipé tous les effets du kava, et je me traîne à poil jusqu'à la fenêtre pour scruter l'état du ciel. La voile d'un catamaran, qui s'était approché un peu trop de la rive, fait écran sur le paysage habituel. Il bat pavillon français, s'appelle *L'Isolella* avec Ajaccio comme port d'immatriculation. Me tournant le dos, une jeune femme aux longs cheveux noirs attachés en queue de cheval, les fesses moulées dans un minuscule short en jean, vient tout juste de reprendre la maîtrise de l'embarcation pour la ramener vers la passe. Je l'apostrophe :

– Vous partez déjà ? Je pensais que vous veniez prendre le petit déjeuner... Thé ou café ?

Elle se retourne, et son regard amusé s'attarde sur une modeste érection matinale :

– Ce sera pour une autre fois. Au moins, les présentations sont faites...

Je m'enveloppe dans les rideaux davantage par réflexe que par pudeur.

Ensuite, je passe une bonne partie de la matinée à convoyer un couple de jeunes mariés japonais. Des Tokyoïtes. Ils veulent aller déposer des lettres dans le bureau postal immergé de l'île proche d'Hideaway. Je plonge avec eux, muni de leur appareil photo *water-proof*, au milieu d'un arc-en-ciel sous-marin formé par des milliers de poissons multicolores, pour immortaliser le moment où ils remettent leurs plis plastifiés au facteur palmé, équipé de son masque et ses bouteilles, que j'avais prévenu de leur arrivée. On reprend le jet-ski à trois jusqu'au parking de la route de Mele, puis la voiture direction Port-Vila avec un détour par les cascades. Je les dépose un peu avant midi au Méridien, sur le lagon, en n'oubliant pas de remettre discrètement quelques milliers de vatus au réceptionniste qui m'a mis sur le coup. Quand je ne suis pas en vadrouille, j'ai pris l'habitude d'aller manger un morceau de poulet ou du lap lap, sur le pouce, dans le stand de Gisèle abrité sous la halle en bois du grand marché. Alors que je slalome entre les étals de taros, d'ignames, de manioc, de papayes, de bouquets d'arachides, mon regard tombe sur le carré de toile de jean qui entoure les hanches de la navigatrice matinale. Je m'approche alors qu'elle titille un énorme crabe de cocotier à carapace bleue posé sur une planche et retenu par une ficelle attachée à un clou.

– *Bonghjornu... ùn sariate micca Corsu ?*

Elle se retourne, intriguée, mais son visage s'éclaire d'un sourire quand elle me reconnaît.

– Ah c'est vous... Je n'ai pas compris ce que vous avez dit...

– Je vous demandais si vous étiez corse, en langue du pays...

– Pas le moins du monde... Qu'est-ce qui vous fait croire ça ?

Je pointe le doigt vers les pontons.

– Votre bateau… Son nom, son port d'attache…

Le sourire s'élargit.

– *L'Isolella*, bien sûr… Je n'y pense plus depuis que j'ai enlevé le fanion à tête de Maure… Je suis belge, et j'ai loué ce catamaran le mois dernier, à Nouméa, pour naviguer d'île en île dans l'archipel. Et vous ?

– Moi, c'est Michel… Je bricole…

Je l'invite à déjeuner et nous nous installons sur l'un des bancs, au fond, avec vue d'un côté sur les marmites et de l'autre sur l'océan. Un peu plus loin, près du parking, un groupe de kaneka, le reggae océanien, revendique en bichlamar :

Million pipol oli crae

Crae blong jastice

Million pipol oli dae

Dae blong pis[2]

Gisèle me gratifie d'un clin d'œil pour me signifier que j'ai bon goût, puis elle nous sert d'autorité deux assiettes de soupe aux légumes d'où émergent les filets d'un poulet-fish pêché dans la nuit. Nous trinquons avec nos bouteilles de Tusker.

– Vous arrivez directement de Nouvelle-Calédonie ?

– C'est vraiment très bon… Non, j'ai fait une escale à Ouvéa, j'ai plongé autour de l'épave du Fidjian, à Tanna, puis je me suis arrêtée deux jours à Erromango. J'avais lu le roman de Pierre Benoit, il y a longtemps, et je voulais voir si ça ressemblait à mes souvenirs…

---

2 - *Des millions de gens pleurent*
Pleurent pour la justice
Des millions de gens meurent
Meurent pour la paix.

– Et alors ?

– C'est encore mieux…

Tout en mangeant, elle me confie qu'elle se prénomme Louise, en l'honneur d'une princesse belge, que son père dirige l'Académie Royale des Beaux-Arts de Liège, et qu'elle compte rallier l'île d'Espiritu Santo puis les îles Salomon, peut-être la Papouasie-Nouvelle-Guinée, à moins qu'elle ne se décide à tenter sa chance…

Elle baisse les yeux quand j'essaie de fixer mon regard sur le sien.

– Tenter votre chance ? Qu'est-ce que vous voulez dire exactement ?

– Rien… J'aurais mieux fait de me taire. La chance, ça la fait fuir quand on en parle… Et vous, vous êtes vraiment corse ?

– Non, je connais cinq ou six phrases dans une quinzaine de langues… Polonais, arménien, arabe, suédois, esperanto, japonais… C'est un bon moyen d'entrer en contact…

Elle rit, d'un rire naturel qui fait tressauter ses épaules, agite ses seins en liberté.

– J'ai cru comprendre que c'était déjà fait, ce matin…

J'ai droit à une deuxième œillade de Gisèle qui tient à me signaler que je suis sur la bonne voie. Je règle la note, puis nous allons prendre un café au son du pianola chez Ma Barkers, à deux pas de l'ambassade de France, où c'est à mon tour de répondre à ses questions. Je fais l'impasse sur les deux années passées aux alentours de la gare RER de Saint-Denis, quand j'avais essayé de monter un commerce de demi-gros de résine végétale en provenance de Ketama, dans le Rif… Je m'étais brûlé les ailes lorsqu'une valise marocaine de quatre kilos de haschisch s'était évaporée entre Algésiras, d'où elle arrivait par autoroute à deux cents à l'heure de moyenne, et ma planque, un ancien séchoir à tabac désaffecté au bord du canal

Saint-Denis. J'avais eu beau m'expliquer, on m'avait mis à l'amende, en guise d'exemple, avec un délai de quinze jours pour rembourser le grossium. Incapable de faire face, et averti des méthodes musclées de recouvrement de mes associés, j'avais ratissé mes comptes avant de mettre le plus de distance possible entre ma peau et mes créanciers. Direction les antipodes, de l'autre côté des pieds !
J'improvise en faisant de la dentelle autour de la réalité, histoire de toujours me récupérer. Je m'entends lui raconter que je projette d'ouvrir une galerie d'art océanien, traditionnel et moderne, que Port-Vila est la plaque tournante pour tout ce qui se peint ou se sculpte en Papouasie, aux Salomon, aux Fidji, dans les Banks, sur les dizaines d'îles du Vanuatu. Les yeux de la fille du directeur de l'Académie Royale des Beaux-Arts de Liège s'écarquillent, brillent, quand je lui parle de Nicolaï Michoutouchkine et d'Aloï Pilioko. Je ne peux pas m'empêcher d'en rajouter.
– Depuis la disparition de Nicolaï, leurs œuvres sont moins visibles…
Je m'occupe de mettre Aloï en contact avec des collectionneurs. Principalement américains ou australiens…

Une barque nous amène jusqu'à *L'Isolella*, un engin de huit mètres sur quatre ancré à égale distance du Nautilus Scuba Dive de la Grande-Terre et du Michener's, le restaurant qui jouxte ma piaule sur Iririki Island. J'ai franchi une étape en essayant le tutoiement auquel elle a immédiatement répondu.
– Tu comptes rester combien de temps ici ?
Elle lève la tête vers le haut du mât.
– Je ne peux pas te dire, ça va dépendre… Il faut que je fasse réparer la girouette-anémomètre et vérifier le sondeur… S'ils ont les pièces,

je repars dans trois ou quatre jours, sinon j'attendrai qu'ils les commandent. Il doit bien y avoir un chantier naval dans le secteur…
Je descends les marches qui mènent à l'intérieur du flotteur de gauche.
– Si tu veux faire du rangement, tu es bien tombé ! C'est la réserve d'eau, de nourriture, le stockage du matériel… J'habite en face…
Elle saute au milieu du trampoline et en deux enjambées prend appui sur le deuxième flotteur. Je la rejoins en marchant en équilibre sur la poutre arrière. Le rideau s'est refermé dans son sillage. Je l'écarte. Je me plie en deux pour traverser la cuisine minuscule. Quand j'arrive au seuil de la chambre lambrissée, elle est allongée sur le lit. Son short de jean vient de choir, sans bruit, sur le rectangle d'un tapis coloré. Mon bermuda ne tarde pas à le recouvrir.
En milieu d'après-midi, après une vibration du sol qui fait trembler les immeubles, je lui présente Laurent, un ancien skippeur finaliste de la Route du Rhum, qui a installé son magasin d'accastillage et de réparation de bateaux à l'écart de la ville. Il doit faire un saut en avion sur l'île de Mallicolo, le lendemain, pour monter une lame de safran sur un voilier immobilisé à Port-Sandwich. Il lui promet de venir jeter un coup d'œil à *L'Isolella* dès son retour.

Le soir, j'emmène Louise boire un cocktail chez Rossi. Je l'imite quand elle commande un Blue Lagon. La salle est bondée. Une délégation d'hommes d'affaires néo-zélandais venus vérifier sur place l'extrême douceur du climat fiscal fête bruyamment les profits annoncés. Jimmy, le maître d'hôtel, nous installe dans un coin, près de la terrasse. Il nous offre un plat de crevettes flambées au whisky comme pour s'excuser du dérangement.

Quand nous trinquons, Louise enserre mon poignet de sa main libre, plonge son regard couleur cocktail dans le mien.

– Dis-moi, Michel, tu aimes naviguer ?

– Oui, comme tout le monde, mais je dois avouer que ce n'est pas mon sport préféré… Pourquoi tu me demandes ça ?

Elle agite la paille dans la vodka bleutée puis l'aspire en arrondissant les lèvres.

– Je ne pensais pas que les journées étaient aussi longues, seule en mer. Il y a du travail, mais pas assez pour occuper l'esprit… Je me disais que tu pourrais peut-être m'accompagner. C'est juste une idée en l'air… On se connaît à peine…

Je me penche au-dessus de la table pour déposer un baiser sur son front.

– Il y a des quantités de gens qui se fréquentent depuis des années et qui sont plus éloignés l'un de l'autre que nous alors qu'on vient de se rencontrer… On peut essayer de faire un bout de chemin ensemble…

Nous passons le reste de la soirée allongés sur l'herbe au bord du rivage, tandis que des groupes de musique se succèdent sur la scène, près du marché. Je l'embrasse longuement tandis que Mars Melto, s'accompagnant à la guitare, susurre sa version créole de *Je suis venu te dire que je m'en vais* de Gainsbourg… *Mi kam blong telem se bae mi go…* Dans la nuit noire, je m'approche d'un passeur :

You falla kat sam sip[3] ?

---

3 - *Vous avez un bateau ?*

Il fait partir le moteur de sa pétrolette d'un geste nerveux, avant de se frayer un chemin entre les silhouettes de dizaines d'embarcations absorbées par l'obscurité. Sa barque vient mourir contre la coque de *L'Isolella*. J'aide Louise à grimper sur le catamaran puis, bercés par le mouvement océanique, nous faisons le voyage, enlacés, jusqu'au jour suivant. C'est l'odeur de café frais qui me réveille. Parvenu à l'air libre, je lève la tête pour observer le vol d'un nautou qui vient se poser sur un palmier à la recherche de graines friandises. Un tissu autour des reins, Louise a dressé une petite table à l'arrière sur laquelle sont disposés les tasses, une assiette de bacon grillé, des œufs brouillés, une bouteille de jus de fruits de la passion. Debout, appuyée sur la bôme de la grand-voile, elle me regarde me servir en grignotant une tartine de confiture. Je bois un peu de liquide brûlant.

– J'ai réfléchi… Si ta proposition tient toujours, ça me ferait plaisir de t'accompagner. Je n'ai rien de vraiment urgent sur le feu en ce moment. Je peux prendre quelques jours…

Elle remue la tête en signe de dénégation et sa queue de cheval suit le mouvement à contretemps.

– Pourquoi tu dis non, tu ne veux plus de moi ? Qu'est-ce que je t'ai fait ?

– Que du bien… Le problème, c'est qu'on ne part pas en week-end, il y en a au minimum pour un mois et demi, peut-être deux… Mais ce n'est pas grave si tu ne peux pas venir, je me débrouillerai seule.

Je repousse mon assiette.

– Deux mois en mer ! Tu te rends compte ? Où est-ce que tu veux aller ? Avec un engin pareil, aussi affûté, on va se retrouver au Japon ou même à Vladivostok si on n'est pas bloqués par la prise des glaces !

Le tissu remonte légèrement sur ses cuisses quand elle vient s'asseoir à califourchon sur la chaise placée face à moi. Je m'efforce de la regarder droit dans les yeux.

– La direction est presque la bonne, Michel, mais je n'ai pas l'intention d'aller aussi loin que ça… Il y a des continents connus et d'autres, en devenir, qui ne figurent pas encore sur les cartes. Quand je disais, hier soir, que je voulais tenter ma chance, ce n'était pas des paroles en l'air. Je n'ai pas investi presque toutes mes économies dans la location de ce bateau pour barboter dans les lagons du Pacifique.

Son visage change tandis qu'elle parle, plus dur, plus tranchant. Il y a des mots qui font des regards, mais je ne suis sensible qu'à cette énergie, à cette détermination dont elle avait déjà fait preuve au cours de notre nuit inaugurale. Je n'ai fait encore que l'effleurer, et je meurs d'envie de percer son secret. Je me décide à franchir le pas.

– C'est d'accord, on fait équipe. J'aime bien l'aventure, mais pas complètement à l'aveugle : il faut tout de même que j'en sache un petit peu plus…

– Un petit peu, c'est déjà trop… Il faut que tu me fasses confiance. Il y a des millions et des millions de dollars à aller ramasser à moins de six mille kilomètres d'ici… Tout est vérifié, c'est du solide. Il suffit de se baisser… La moindre fuite et tout tombe à l'eau… Surtout ici, à Port-Vila. Ce n'est pas une ville, tout juste un nid de crotales… Pour tout te dire, ce n'est pas d'un équipier dont j'ai besoin, mais d'un associé… On se lance sur la base du partage…

Je regrette soudain d'avoir arrêté de fumer, le rituel de la clope tapée sur le paquet, le passage sous les narines pour humer l'odeur du tabac, le trait de la tête d'allumette sur le grattoir, le grésillement de feuille séchée, l'âcreté de la première goulée, le jet de fumée allant s'élargissant... tout ceci m'aurait été du plus grand secours pour ordonner l'échange d'informations entre mes neurones. Mon regard se pose sur un genou, glisse sur la peau brunie, se fige sur l'endroit où l'ombre le dispute au mystère. Je dois faire un effort pour que ses dernières paroles me reviennent en mémoire.

– Pour partager, il faut avoir de quoi... J'ai investi tout ce que j'avais dans mon projet de galerie, et ça m'est pratiquement impossible de revenir en arrière du jour au lendemain. Je dois disposer de quelques milliers d'euros, l'équivalent, à vue de nez, du prix de location de L'Isolella pour une quinzaine... Et encore...

Elle se lève, contourne la table et vient se coller à moi.

– Si c'est ça qui te tracasse, Michel, rassure-toi ! Je dois normalement le ramener à Nouméa dans quatre jours... Ils vont devoir faire preuve de patience, crois-moi. On va voyager gratis, et au retour on n'aura aucun mal à leur payer ce rafiot cash, sans vraiment entamer notre cagnotte...

– L'avenir, ça ne résout pas les problèmes du présent. Comment on s'arrange, en attendant ?

Son baiser, sur la nuque, me fait frissonner.

– Je te propose de mettre ce qu'on a en commun, pour acheter tout ce dont on aura besoin pendant la traversée, ainsi que le matériel de plongée indispensable, une fois arrivés sur le site... C'est ça la base de notre association. Ensuite, c'est moit moit...

Moit moit... Je ne peux m'empêcher de penser que tout ceci est bien trop beau pour être vrai, mais un vieux fonds de croyance en l'humanité vient se déposer, malgré moi, sur la couche épaisse de scepticisme qui me sert de carapace. Elle consacre les deux heures qui suivent à établir une liste des produits de base à emporter avec une indication approximative du prix. En fin de matinée, je fais un détour par le quartier des quais pour avertir Ralf, l'agent des croisiéristes australiens et néo-zélandais, que je dois m'absenter pendant plusieurs semaines d'affilée, qu'en conséquence je ne pourrai assurer les tournées d'amateurs d'art chez les collectionneurs. Pour devancer les questions, je prétexte un séjour dans un service réputé de l'hôpital de Sydney où l'on doit me débarrasser d'une hernie discale qui me fait souffrir le martyre depuis des années. Il soulève son tee-shirt pour me montrer une balafre qui part du nombril et zèbre sa chair flasque jusque sous le sein gauche.

– Ils sont fortiches, les Poken… Je me suis fait éventrer par une hélice de hors-bord, alors que je faisais de la plongée au large de la réserve naturelle de Philip Island. C'est eux qui m'ont tout remis en place, à Melbourne… Du cousu main ! Pour les varices, même chose… Je vais te montrer…

– Je te fais confiance…

Je le quitte avant qu'il ait fini de retrousser ses jambes de pantalon, et ne se souvienne de son ablation des hémorroïdes, à Adélaïde. Je m'arrête au Bon Marché, la grande surface la mieux achalandée de l'île que tient depuis des lustres une famille originaire de Chine. Il faut traverser le magasin, pousser la porte des réserves réfrigérées pour se diriger vers l'escalier qui mène aux bureaux. J'aperçois Qiao, la petite-fille du patron, occupée à faire des photocopies d'une montagne de factures. On a lié connaissance sur l'embarcadère où elle est chargée de négocier le ravitaillement en produits frais, à l'arrivée des paquebots. Sans rentrer dans les détails, je la mets au courant de mon intention de partir en croisière personnelle, et elle accepte de me faire pratiquement les mêmes conditions de ristourne que pour Silversea ou la Royal Carribean. Je la remercie et repars, bien plus à l'aise que ce matin dans mon costume d'associé. En ce qui concerne le matériel de plongée, je fais une confiance aveugle à Norbert, le boss de Top Spot, un ex-nageur de combat à ce qui se murmure, qui a ouvert une caverne d'Ali Baba des profondeurs dans un de ces hangars en demi-lune recouverts de tôle ondulée qu'ont laissés derrière elles les troupes américaines, sur la route de l'aéroport. Il pianote sur l'écran tactile de son portable. Chiffres à l'appui, il me conseille, vu la durée du voyage, de préférer l'achat ferme à la location. J'accepte. Il me consent également un joli rabais.

– Bien entendu, je reprends le tout d'occase à ton retour…

Depuis qu'elle est arrivée en Océanie, Louise n'a pas encore osé goûter au kava. Le dégoût lui en est venu en entendant parler de la fermentation salivaire, du mâchonnement des sages aux dents gâtées, de l'odeur de terre et d'antiseptique du produit, de l'interdit de consommation qui visait les femmes… À la nuit tombée, je parviens à la persuader de m'accompagner dans un bar situé à mi-chemin du Parlement et du nakamal des chefs, la halle en bois qui abrite le conseil coutumier. Nous arrivons assez tôt pour qu'elle assiste à la préparation du breuvage, des racines broyées, malaxées à pleines mains par un jeune garçon dans une cuvette en plastique remplie d'eau trouble, ce qui n'a pas vraiment pour résultat de la rassurer. Elle se force quand même à boire deux gorgées dans le shell, une demi-noix de coco, et se laisse choir près de moi qui viens de vider mon récipient, au calme, dans un coin obscur. Le patron s'approche :

Kava i strong ?

Je remue la tête alors que les premiers effets anesthésiants se font sentir :

Yes, kava i strong, wei strong, i wok[4]…

Incapable de faire le moindre geste, je laisse le liquide envahir tous les recoins de mon corps, de mon esprit, les démultiplier, les porter à la mesure de l'univers. Je suis une galaxie, une nébuleuse, tandis que Louise, à mes côtés, me semble n'être plus qu'une étoile éteinte. Je dépasse les frontières invisibles, absorbé par un grand trou noir. Je ne reprends conscience que des heures plus tard, grelottant de froid dans la chambre du flotteur sans bien comprendre comment j'ai atterri là. Louise est penchée au-dessus de mon visage, à le toucher, quand j'ouvre les yeux. Je tente de lui parler, mais c'est comme si ma mâchoire ne répondait plus à ma volonté. Je borborygme. Le son distordu qui sort de ma bouche me parvient dans une sorte de brouillard sonore saturé de stridences. Louise me force à avaler du café tiède après m'avoir soulevé et calé contre les oreillers.

– Tu n'es pas le seul à être dans cet état-là… Il était trop concentré…

Je réussis péniblement à finir le contenu du bol. Peu à peu, les effets de l'overdose de kava s'estompent, mais il m'est impossible pendant encore un bon moment de retrouver l'équilibre, et c'est à quatre pattes que je me déplace vers la cuisine pour aller respirer l'air frais. Tout est pratiquement revenu à la normale quand Laurent, l'ancien concurrent de la Route du Rhum, de retour de son dépannage sur l'île de Mallicolo, vient garer son jet-ski entre les deux coques de

---

4 - *Oui, le kava est fort, très fort, ça travaille…*

L'Isolella. Ses yeux ne quittent pas une seconde les courbes mouvantes de Louise, même quand il grimpe au mât pour vérifier l'anémomètre. Il en redescend deux minutes plus tard.

– C'est réparé… Un choc. Sûrement un oiseau. Je ne vois rien d'autre qui aurait pu laisser une trace de sang à cette hauteur. La protection était enfoncée… C'est ce qui gênait.

Il se contente de nettoyer la sonde, puis fait le tour du propriétaire, moteur, voiles, cordages, pour voir si rien d'autre ne cloche.

– Tout est en ordre pour un tour du monde… Vous l'avez loué à Jef, celui qui tient boutique sur la Baie des Citrons, non ? C'est un bon copain, il ne plaisante jamais avec la qualité du matériel… Vous retournez bientôt sur Nouméa ?

Elle me jette un regard en coin pour sceller notre pacte, cette fois en face d'un tiers, et fait comme si elle n'avait pas entendu la question. Laurent, ainsi que je m'y attendais, refuse l'argent que je lui tends.

– Invitez-moi à manger un de ces soirs, tous les deux, ça fera l'affaire.

En début d'après-midi, je m'occupe de libérer ma piaule, d'entasser mes affaires dans un baluchon, puis j'aide Louise à lever l'ancre. Elle manœuvre pour s'approcher du wharf sur lequel Qiao a fait avancer une palette qui supporte toute notre commande. Je la suis dans la guérite où elle recompte la liasse de vatus que je lui remets. Il faut deux bonnes heures pour tout répartir, tout caler dans les alvéoles, compléter la réserve d'eau, de carburant au port d'avitaillement. La journée est bien avancée quand nous longeons le front de mer jusqu'au hangar de Top Spot où nous chargeons les combinaisons de plongée, les bouteilles, les détendeurs, l'ensemble du matériel d'exploration sous-marine. Elle insiste pour acheter deux paires de bottes semblables à celles que portent les égoutiers. Tout est

arrimé, le bateau équilibré, lorsque la nuit tombe sur notre dernier jour à Port-Vila. Nous fêtons l'imminence du départ dans la terrasse abritée du Rossi devant une salade aux crustacés qu'accompagne un vin blanc australien. Quand la ville se met au ralenti et invite à venir se rassembler dans les nakamals pour la communion liquide, je fais l'impasse sur mon shell de kava quotidien. C'est Louise, ses caresses, qui me font oublier qui je suis.

Nous larguons les amarres alors qu'une ligne lumineuse commence à dessiner l'horizon. Après avoir longé la ville endormie, doublé la pointe de Vila au moteur, le vent gonfle les voiles d'un coup. Je m'installe à la barre pour traverser la baie de Mele et prendre le large en écoutant les indications que Louise déduit de sa consultation régulière du GPS. J'ai tenté à plusieurs reprises de la piéger pour connaître notre destination finale, sans autre résultat qu'un haussement des épaules. Nous croisons quelques cargos, un paquebot et des embarcations de pêcheurs au cours des premières heures. Bientôt, nous ne sommes plus accompagnés que par de rares oiseaux quand notre route contourne des îlots. Contrairement à ce que je redoutais, je tiens assez bien le choc, mon organisme semble se faire aux mouvements permanents en tous sens que les vagues impriment au catamaran. C'est sans compter avec un vent de face qui oblige Louise, en fin d'après-midi, à tirer des bords dans des creux de près de trois mètres. J'assure mon quart dans un état semi-comateux, un mal de mer force 8, vidé de tout ce que j'ai ingurgité au cours du jour précédent, l'estomac ulcéré, comme pris dans une tenaille. C'est encore pire quand elle me relaie à la barre, et que je tente de m'allonger

dans le carré : j'ai alors l'impression d'avoir avalé l'océan ! Au terme de vingt heures de navigation éprouvante, nous dépassons l'île de Malo pour nous diriger vers les côtes d'Espiritu Santo dans une eau redevenue calme. Louise me laisse les commandes pour l'approche, se contentant de me guider :
– Fixe le point droit devant… Serre à babord, redonne à tribord, oui, c'est bien… Ne perds pas le sondeur des yeux… Tu t'écartes… Pas trop… Laisse filer maintenant…

Au petit jour, nous mouillons à une vingtaine de kilomètres de la capitale, Luganville, face à un immense ruban de sable blanc sur lequel se penchent des milliers de palmiers, de cocotiers. J'arrive à avaler quelques gorgées de bière et je sombre dans un sommeil compact dès que je me couche. Louise me sort de cette torpeur en me secouant pour que je passe ma combinaison de plongée. On lui a dit le plus grand bien d'un spot qui se trouve à un jet de pierre de notre position. Elle ne veut pas le manquer. Je me déguise en homme-grenouille et barbote derrière elle vers son *One Million Dollars Point* qui, a-t-elle tenu à me préciser, n'est pas l'eldorado qu'elle m'a promis. J'agite mes palmes en cadence. Quelques minutes plus tard, j'aperçois une masse sombre à une dizaine de mètres de profondeur. Je pique pour découvrir un char d'assaut Sherman recouvert de concrétions couché sur le côté, une chenille brisée déposée dans son sillage. Puis ce sont les pales d'un hélicoptère, un engin de levage, une dizaine de scrapers, des bulldozers, des avions aux ailes enchevêtrées, un amoncellement invraisemblable de tanks, une montagne de jeeps, un embouteillage immergé de camions aux plateaux garnis d'arceaux… Il y a

là, réduit à l'état d'épaves, de quoi équiper une formidable armée moderne… Louise me guide vers une autre zone où des tortues géantes survolent une infinité de péniches de débarquement recouvertes de coraux blêmes, un cimetière de bidons qui ont dû contenir de l'huile, du carburant. Bien que le décor soit impressionnant, il s'en dégage un sentiment de désastre, de tristesse, qui me pousse à faire demi-tour. Louise se hisse à bord de *L'Isolella* alors que j'ai déjà eu le temps de me débarrasser de ma peau caoutchouteuse. Je mets sa combinaison à sécher, près de la mienne.

– Qu'est-ce que c'est ? Il y a eu une bataille navale dans le secteur ?

– Non. C'est sur cette île que se trouvait la principale base de l'armée américaine pendant la guerre contre le Japon. En 1945, quand l'Empereur a fini par capituler, les États-Unis ont proposé de revendre aux gens du coin tout ce qu'ils avaient accumulé pendant près de trois ans. Pour un million de dollars. Personne ne pouvait aligner une telle somme, et l'état-major a décidé, plutôt qu'en faire cadeau, de tout foutre à l'eau. C'est pour cette raison que ça s'appelle *One Million Dollars Point*…

Elle m'apprend qu'un luxueux paquebot de deux cents mètres de long, le *Président Coolidge*, transformé en transport de troupes, repose à proximité par moins de trente mètres de fond, sa structure pratiquement intacte. Elle avait aussi prévu d'aller le voir mais elle renonce à la balade, aussi déprimée que moi par cette vision matinale d'un monde englouti. Nous descendons à terre, attirés par l'odeur de poulet grillé qui émane d'un brasero posé près d'un hôtel pour baroudeurs recommandé par une édition du *Guide du Routard* vieille de dix ans. Après avoir fait une rapide inspection du bateau, nous reprenons notre périple en tout début d'après-midi. Il nous faut remonter le canal du Segond avant de nous élancer sur la mer de Corail, en direction des îles Banks puis des Salomon. Pour passer le temps, je laisse filer une ligne dans le sillage. En moins d'une heure, à ma grande surprise, je prends un bec de cane, un vivaneau et une carangue qui seront au menu des prochains repas. Avec Louise, nous nous retrouvons fréquemment dans le carré. Elle est aussi nympho que je suis éroto, et nous hissons la grand-voile plus souvent qu'à notre tour. Cela a failli nous coûter cher, une quinzaine de jours plus tard, alors que nous passons au large de l'île Wake, un atoll perdu annexé par les Américains et dont la piste sert de bouée de sauvetage aux avions de ligne en difficulté. Nous nous sommes laissés envahir par la nonchalance, après un nouveau corps à corps, quand je suis alerté par une série de remous dont l'amplitude ne cesse de se renforcer. Je me précipite dehors pour découvrir une montagne d'acier qui file droit sur le cap imprimé à notre catamaran. Je me mets à hurler. Louise me rejoint pour m'aider à virer de bord, une manœuvre désespérée qui nous permet pourtant de ne pas être broyés par le mastodonte. Le pétrolier poursuit sa route sans émettre le moindre signe, le moindre son ; peut-être même que personne à bord ne nous a aperçus... Je ne parviens à me débarrasser de mon tremblement qu'au bout de longues minutes. Pour nous remettre de nos émotions, nous décidons de faire une escale non prévue à Wake. Des drapeaux étoilés flottent sur des bâtiments militaires battus par le vent, des entrepôts dégarnis, un aéroport déserté. Nos appels résonnent dans le vide de l'île abandonnée. Seuls Bruce Willis et Christopher Walken nous sourient depuis une fresque défraîchie évoquant la scène clef de la montre, dans *Pulp Fiction*. Nous repartons sans regret et sans un regard pour l'île fantôme.

Bien que les cargos lancés à pleine vitesse représentent un danger mortel, ils signalent pourtant la présence de la vie humaine, alors qu'il nous faut maintenant affronter une immensité liquide délaissée par tous ceux qui tracent les lignes océaniques. Neuf jours sans autre lien avec nos semblables que les traces blanches laissées dans le ciel par les jets, à onze mille mètres au-dessus de nos têtes. Au matin du dixième jour, un bruit à l'avant attire mon attention alors que je suis de quart. Je me penche pour voir passer entre les deux flotteurs un long morceau de bois sur lequel on distingue encore le souvenir du sigle calligraphié de Coca-Cola. Puis ce sont d'autres débris qui se mettent à consteller la surface de l'eau. Des boîtes, des bidons, des réservoirs en plastique, des centaines de déchets non identifiés… Je joue sur la voilure pour réduire la vitesse par crainte de heurter une épave plus importante. Lorsque Louise se réveille, une heure plus tard, nous naviguons au milieu d'une véritable décharge maritime. À perte de vue, ce ne sont que des vagues chargées de détritus qui forment une sorte de gigantesque poubelle mouvante. Je lui montre le désastre qui nous entoure.

– On est au milieu de nulle part… Il a dû y avoir un naufrage… Qu'est-ce qu'on fait ? On change de direction ?

Un sourire illumine son visage.

– Non, sûrement pas… Je ne me suis pas trompée, on est sur la bonne voie… Ça, c'est le signe que nous approchons du but ! Il faut y aller plus doucement encore, parce que la soupe va devenir de plus en plus compacte…

Je passe une partie de la journée à l'avant, harnaché, équipé d'une gaffe, à dévier les trajectoires des objets les plus volumineux qui risqueraient d'endommager les coques. Nous nous immobilisons dès que la nuit s'annonce, perdus dans un océan d'ordures. Je ne dors que par bribes, dérangé par le clapotis des objets flottants, alors que j'avais fini par m'habituer aux seuls bruits de l'eau et du vent. Trois heures de navigation à vitesse réduite nous permettent, tôt le lendemain, d'arriver à destination. Impossible d'aller plus loin : *L'Isolella* est bloquée par une accumulation de déjections industrielles de forte densité. Elles forment une île composite qui s'étend à perte de vue. Je me tourne vers Louise.

– Ne me dis pas qu'on a fait tout ce chemin, laissé derrière nous les paysages les plus beaux du monde, pour venir camper là, dans le trou du cul du monde ! Ton idée de fortune, c'est quoi au juste ? Monter une entreprise de recyclage ?

Elle me tend la bouteille de bière qu'elle vient d'entamer. Je bois une longue gorgée de liquide tiède pendant qu'elle me répond.

– Comment tu as deviné, Michel ? Le recyclage, c'est exactement ce que j'avais en tête… Ici, on est sur le site de Western Pacific Garbage Patches, la plaque de déchets du Pacifique ouest… Elle s'étend sur des dizaines de kilomètres, sans compter ses satellites… Tout ce qui tombe dans la flotte depuis le Japon jusqu'aux côtes de Californie, en passant par la Sibérie, l'Alaska, le Canada, se retrouve ici, poussé par les courants… Tout. On est sur le septième continent… Tu comprends ?

– Et qu'est-ce qu'on est venus faire sur ton septième continent ? Planter le drapeau belge ?

– Non, on est venus faire un casse… On va aller faire un premier repérage.

Louise descend dans la coque de droite, celle qui contient le matériel de plongée, sort les combinaisons, les masques, les bouteilles.
Quand nous sommes équipés, elle enfile sa paire de bottes d'égou-
tier par-dessus le caoutchouc, et me demande de l'imiter. Nous
nous hissons sur le tapis mouvant, spongieux, nous enfonçant tout
d'abord jusqu'aux genoux. Après une cinquantaine de mètres de
marche harassante, le sol s'affermit et notre progression devient plus
facile. Il nous faut faire des détours pour éviter des containers, des
carcasses de voitures, de camions, un énorme chalutier éventré, le
toit d'une maison... Deux heures plus tard, nous découvrons une
sorte de port figé dans les décombres, après avoir parcouru moins
de deux kilomètres. Il faudrait encore marcher de longues minutes,
mais Louise s'immobilise avant de s'asseoir sur le capot d'une Toyota.
– Pas la peine de s'épuiser. On reviendra demain avec les outils,
et on commencera par ce secteur-là.

Sur le chemin du retour, le bout de ma botte accroche un
obstacle. Je me penche pour me dégager et ne peux
retenir un mouvement de recul quand je m'aperçois que
mon pied s'est glissé dans l'alvéole formée par une cage
thoracique humaine. D'autres squelettes désarticulés jonchent
la zone, mêlés à des milliers de bouteilles en plastique, de por-
tières d'autos, de appareils ménagers, de téléphones portables,
de jouets d'enfants, un canapé sur lequel des mouettes viennent
se poser. Je consacre mon après-midi à fabriquer une sorte de luge
au moyen de matériaux récupérés autour de moi. Elle servira à traî-
ner le matériel dont nous allons avoir besoin. Le soir, j'improvise un
petit barbecue sur lequel je fais griller des saucisses en conserve

et des cubes de patate douce.

Le lendemain, nous progressons jusqu'à l'endroit repéré la veille, où plusieurs dizaines de yachts, de voiliers aux coques frappées d'idéogrammes japonais se sont échoués. Louise s'introduit dans un des bâtiments les plus imposants et me crie, depuis l'intérieur, de la rejoindre.

J'arpente le pont, descends vers une cabine lambrissée. Elle me montre un coffre-fort, semblable à ceux que l'on trouve dans les chambres d'hôtel, incrusté dans la paroi, au-dessus du lit.

– Tu démolis tout autour, et tu le sors… Pendant ce temps-là, je vais en chercher d'autres…

À la fin de la journée, ce sont quatre coffres que nous ramenons dans notre traîneau jusqu'à *L'Isolella*. Il me faut déployer des efforts surhumains, des trésors d'ingéniosité pour les forcer en m'aidant de tout ce qui me tombe sous la main. Parvenu à mes fins, je laisse Louise les ouvrir et saisir à pleines mains des liasses de billets, des lingots d'or, des colliers, bracelets, pendentifs, des paquets d'actions, quelques armes aussi. Je n'ai jamais vu autant d'argent, et la moisson se révèle tout aussi riche au cours des trois jours suivants. C'est en rentrant de notre avant-dernier raid que Louise se blesse. Sa botte dérape sur la coque de *L'Isolella* alors que je lui tends le butin de la journée arraché aux épaves. Je la porte jusque dans le carré, l'allonge sur le matelas, palpe sa cheville. La seule pression de mes mains lui arrache des gémissements, mais par chance, je ne constate pas de fêlure, juste une sévère luxation. Je masse sa jambe à l'aide d'une pommade à l'arnica, la serre dans un bandage. Elle passe une nuit calme, grâce à quelques cachets, et je pars seul vers le port aux trésors, le lendemain matin, pour aller desceller le treizième coffre que je n'ai pu extraire la veille à cause de l'imminence de la tombée de la nuit. Le soleil est au plus haut quand je le place dans la luge que je traîne derrière moi sur les trois kilomètres de déchets.

Quand je parviens à notre point d'ancrage, c'est pour voir *L'Isolella* s'en éloigner doucement, au gré du vent. Je me mets à crier, à hurler. Il est à moins de cent mètres, je sais que ma voix porte… Une silhouette, près du mât, celle de Louise dont le bras se soulève pour un adieu. Son ombre, découpée par le soleil bas, se déplace sans gêne aucune sur le flotteur du catamaran. Bientôt, ce n'est plus qu'un minuscule point noir dans un océan de déchets. De rage, je m'attaque au treizième coffre dont l'acier, bientôt, capitule. De l'or encore, de l'argent, des bijoux, des papiers d'identité, des liasses de documents également, en japonais et en anglais. Je me réfugie dans la cabine défoncée d'un camion pour les déchiffrer. Je sais que je vais finir ma vie ici, à Western Pacific Garbage Patches, en compagnie du testament que l'ingénieur en chef de la centrale nucléaire de Fukushima avait placé dans son coffre, au cas où il lui arriverait malheur.

Biographies

Didier Daeninckx (à droite)

Né en 1947, à Saint-Denis, Didier Daeninckx devient, à 17 ans, ouvrier imprimeur, puis animateur culturel et journaliste local. C'est en 1982 qu'il écrit son premier roman, *Mort au premier tour*, où apparaît le personnage de l'inspecteur Cadin, qu'il retrouvera dans *Meurtres pour mémoire*, deux ans plus tard. Ce deuxième ouvrage a pour toile de fond la manifestation des Algériens, le 17 octobre 1961, à Paris. Le livre est un succès. Il est adapté à la télévision, en bande dessinée avec Jeanne Puchol et à la radio, sur *France Culture*. Didier Daeninckx conserve encore quelque temps son personnage de flic mal dans sa peau avant de « suicider » Cadin en 1990, dans *Le Facteur fatal*.

Parallèlement, le format court le séduit, et il écrit en alternance des nouvelles et des romans. *Zapping*, recueil de 1992, obtient le prix Louis Guilloux, mais on peut également citer *Autres lieux*, *Main courante*,

Le Dernier Guérillero, *Histoires et faux-semblants*, tous publiés aux Éditions Verdier. En 2012, son recueil *L'Espoir en contrebande*, aux Éditions du Cherche midi, est récompensé par le prix Goncourt de la nouvelle.

Roman noir ou « blanc », historique ou contemporain, populaire ou policier, Didier Daeninckx ignore les catégories et les frontières. Dans des œuvres comme *Missak* (aux Éditions Perrin), l'histoire de Missak Manouchian, un résistant arménien qui dirigea le groupe du même nom durant la dernière guerre, le romancier ne s'intéresse pas seulement à l'action, mais à la vie du personnage. Passionné d'archives, l'auteur creuse l'anecdote, aime les oubliés, les réfractaires. C'est à nouveau le cas, en 2012, dans *Le Banquet des affamés* (Gallimard), où l'écrivain accompagne le destin de Maxime Lisbonne, héros de la Commune et créateur du théâtre « déshabillé », qui, tel un Coluche du XIXe siècle, créa les premiers « restaurants du cœur ». Didier Daeninckx poursuit dans cette voie avec son dernier ouvrage, paru en 2013, *Têtes de Maures* (L'Archipel), où il se penche sur un épisode inconnu de l'histoire corse : une expédition militaire organisée par Pierre Laval en 1931.

La bande dessinée n'est pas en reste. Souvent adapté, il signe également des scénarios originaux comme *Octobre noir*, avec le dessinateur Mako. Son objectif : « Jeter des passerelles de fiction entre deux blocs de réalité ». ◣

Loustal

Né en 1956 à Neuilly, Jacques de Loustal suit des études d'architecture aux Beaux-Arts de Paris tout en publiant des illustrations dans *Rock&Folk*. À partir de 1979 débute une longue complicité avec le scénariste Philippe Paringaux, en commençant par des histoires brèves pour *Métal hurlant* qui se retrouveront en albums dans *New York Miami* ou *Clichés d'amour*, quelques années plus tard. En 1984, Loustal participe de façon régulière au mensuel *A suivre*. C'est là qu'il publiera des livres comme *Barney et la note bleue* ou *Un jeune homme romantique*, sur des scénarios de Philippe Paringaux, mais aussi *Les Frères Adamov* avec le romancier Jérôme Charyn.

Travailler avec des écrivains l'intéresse particulièrement puisqu'il collabore aussi avec Marc Villard, Tito Topin, Jean-Luc Fromental, Jean-Luc Coatalem, avec qui il signe *Jolie mer de Chine* ou *Rien de neuf à Fort Bongo* (chez Casterman) ou Tonino Benacquista pour *Les Amours insolentes, 17 variations sur le couple*. En 2008, il signe l'adaptation en bande dessinée d'une nouvelle de Dennis Lehane, *Coronado*. L'œuvre de Georges Simenon l'inspire également : il va illustrer nombre de ses romans pour les Éditions Omnibus.

Parallèlement à son travail d'auteur de bande dessinée, à ses livres pour la jeunesse, comme *Dune* (Seuil Jeunesse) ou *Adsiwal* sur un texte de Manchette (Gallimard jeunesse), Loustal publie ses illustrations dans des journaux comme *The New Yorker*, fait des affiches de films, des couvertures de livres.

Grand voyageur, il rapporte de ses pérégrinations des carnets de dessins qu'il propose depuis 1990 (Éditions du Seuil). En 2009, il a réuni dans un magnifique ouvrage à la Table ronde nombre de ses *Dessins d'ailleurs*. En 2012, *South African Road Trip* évoque ses souvenirs d'Afrique du Sud, publiés aux Éditions Zanpano.

Fin 2012, chez Casterman, Loustal a imaginé une nouvelle bande dessinée, *Pigalle 62.27*, sur un scénario de Jean-Claude Götting, un très bel hommage au polar des années 1950 avec vengeance, escroquerie et ambiance cinématographique d'après-guerre. ◢

Le polar avec SNCF,
une expérience inédite

Chers lecteurs,

En 2000, SNCF entamait son voyage dans l'univers du polar avec la création du PRIX SNCF DU POLAR. Catégories roman, bande dessinée, court-métrage… Au fil des années, cette distinction qui vise à révéler de nouveaux talents s'est imposée comme une référence, en devenant le premier prix du public en France.

Depuis 2012, SNCF renforce son implication dans le polar en coéditant la collection « Les Petits Polars du Monde ». Cette saison 2 propose des nouvelles inédites créées en duo par les maîtres du polar français et les plus grands illustrateurs du 9e art.

Et tout au long de l'année, SNCF partage cette complicité avec ses voyageurs en de multiples occasions !

À BORD DES TRAINS DU POLAR
À chaque période de vacances scolaires, SNCF surprend des centaines de voyageurs et les fait basculer dans l'univers de l'intrigue et de l'enquête à bord de trains pas comme les autres.

DANS LES ESPACES POLAR SNCF

Lors de Salons ou de grands festivals, SNCF invite ses voyageurs à vivre une expérience polar exceptionnelle dans des espaces éphémères installés en gare ou au cœur des villes.

Puisque vous aimez le polar, rejoignez sur polar.sncf.com le CLUB PRIX SNCF DU POLAR, où de nombreux avantages vous attendent…

Retrouvez l'adaptation
radiophonique des
« Petits Polars du *Monde* »
avec SNCF sur France Culture.

À réécouter et *podcaster*
sur **franceculture.fr**

Édité par la Société éditrice du Monde
80, boulevard Auguste Blanqui – 75013 Paris.
Éditeurs : Hervé Lavergne et Pascale Sensarric
Coordination éditoriale : Christine Ferniot
ISBN de la collection « Les petits polars du *Monde* » : 978-2-36156-115-4
ISBN *Voiles de mort* : 978-2-36156-117-8
Illustrations © Loustal
Création et mise en page : agence paradigme
Imprimé en Italie par Nuovo Istituto Italiano d'Arti Grafiche S.p.A.
Achevé d'imprimer : mai 2013. Dépôt légal : mai 2013.